ro
ro
ro

Ramón Villeró wurde 1955 in Andorra geboren. Nach dem Jurastudium in Barcelona arbeitete er zehn Jahre lang als Anwalt in Andorra. Nebenbei begann er zu fotografieren, veröffentlichte einen Roman und zahlreiche Artikel. Seit 1990 ist er als freier Journalist tätig und wurde als solcher mehrfach ausgezeichnet. Das Afrika, über das er schreibt, kennt er aus eigener Erfahrung. «Das Lächeln der Erde» ist sein zweiter Roman.

Ramón Villeró

Das Lächeln der Erde

Roman

Deutsch von Hanna Grzimek

Rowohlt Taschenbuch Verlag

Deutsche Erstausgabe
Veröffentlicht im Rowohlt Taschenbuch Verlag,
Reinbek bei Hamburg, Januar 2007

Die Originalausgabe erschien 2005 unter dem Titel
«La Sonrisa de la Tierra» bei Integral, Barcelona

Redaktion Frank Wegner
Umschlaggestaltung any.way, Cathrin Günther
(Illustration: Sabine Völkers)
Buchgestaltung Anja Sicka
Satz aus der Poppl-Pontifex PostScript (InDesign)
Gesamtherstellung Clausen & Bosse, Leck
Printed in Germany
ISBN 10: 3 499 24292 3
ISBN 13: 978 3 499 24292 2

Dieses Buch ist den Kindern gewidmet.

«Der Geist des Tals stirbt nicht,
das heißt das dunkle Weib.
Das Tor des dunklen Weibs,
das heißt die Wurzel von Himmel und Erde.
Ununterbrochen wie beharrend wirkt es ohne Müh.»

Lao Tse[1]

Wünsche

«Habe die Füße auf dem Boden und den Kopf im Himmel. Bist du des Nachts unterwegs, so betrachte die Sterne; achte darauf, wann der Mond zunimmt und wann er abnimmt, und lerne die Sternenbilder zu orten. Schlafe hin und wieder unter freiem Himmel: mit dem Rücken auf der wärmenden Erde, die Augen gen Himmel gerichtet.

Sprichst du mit jemandem, so versetze dich für einen Moment in seine Lage, stell dir vor, du wärest er. Du wirst ihn dann besser verstehen.

Auch wenn es dich Mühe kostet, bewahre immer einen Funken Freude in deiner Seele; Freude steckt an und verbindet die Menschen.

Versuche, die Kinder zu begreifen, tauche so tief wie möglich ein in ihre Welt; auch sie bewohnen die Erde. Wenn du einem Kind begegnest, betrachte es aufmerksam und lächle ihm zu.

Behandle die Menschen so, wie du von ihnen behandelt werden möchtest. Deine Welt wird schöner, heimischer werden. Erwarte keine Wunder von anderen und verzeihe ihnen ihre Vergesslichkeit. Vertraue dir selbst und höre nicht auf Wahrsager und Heilkünstler. Ernähre dich so gut wie möglich: gesund, vernünftig und ohne Übermaß. Der beste Arzt ist dein eigener Körper, er kennt dich am besten.

Denke daran, dass stille Menschen oft intuitiv handeln. Achte ihr Schweigen und schätze ihre Gesellschaft wie die eines gesprächigen Menschen. Große Ideen erwachsen aus Ruhe und Besinnung.

Erkenne Gott in allen Göttern und in allen Kulturen an. Allah, Jahwe, Buddha oder Krishna entstammen demselben Prinzip.

Halte deinen Körper in Bewegung. Wenigstens eine halbe Stunde täglich atme frische Luft und gehe spazieren. Bist du allein, so sprich hin und wieder mit Tieren und Pflanzen. Lies und betrachte in aller Ruhe die Menschen um dich herum. Beobachte den Lauf des Lebens und die Bewegung der Welt. Beschenke dich hin und wieder selbst mit dem Anblick einer schönen Landschaft in den Bergen oder am Meer.

Schreibe und male, auch wenn du glaubst, es nicht gut zu können. Schreiben wird dir dabei helfen, dich kennenzulernen. Zeichnen und Malen werden deinen Geist entspannen.

Und du wirst sehen, dass dein Leben erstrahlt; du wirst fühlen, wie deine Beine leichter werden und dein Bewusstsein sich weitet. Vielleicht wirst du die Welt nicht ändern können, doch du wirst beginnen, etwas über dich selbst zu erfahren.»

Erster Teil

Afrika

«Andere versuchen, auf dem Mond zu landen, während wir uns noch immer darum bemühen, das nächste Dorf zu erreichen.»

Julius Nyerere, früherer Staatspräsident von Tansania

1.
Der Lehrling

Mein Vater lehrte mich: Wenn du dich selbst kennst, so bestimmen die Gesetze deines Lebens die ganze Welt, und diese Gesetze gelten unabhängig vom Lauf der Zeit.

Mitte des zwanzigsten Jahrhunderts galt Timbuktu noch immer als Ausgang aus der Wüste. Die Luft war klar und der Himmel tiefblau. Mit Salz beladene Karawanen kamen von den Salinen aus Lyil und Teghazza oder aus dem bedeutenden Sijilmassa-Zentrum weiter nördlich an der Grenze zu Marokko und hielten einige Tage vor der Stadt Rast, bevor sie weiter nach Süden zogen.

Die bloße Nähe einer Karawane erregte meine Phantasie und ließ mich, Abdel Mansur, jüngster Sohn Jusufs, von fremden Ländern träumen, die sich jenseits der Wüste oder weiter im Süden befanden, dem Lauf des Nigers folgend. Ich glaubte, dass ich eines nicht allzu fernen Tages nach Addis Abeba reisen oder den Großen Erg überqueren, das Atlasgebirge erreichen und mich von dort auf den Weg nach Europa machen würde.

Ibrahim, mein Scheich und Meister – der mich

lehrte, den Koran zu lesen, mir von Jesus Christus, von Buddha, aber auch von Homer, von Troja und Odysseus erzählte –, sagte, genau wie mein Vater, sehr oft, dass es im Leben wichtig sei, sich selbst zu kennen, obwohl ich mich, wenn ich ehrlich bin, während meiner Kindheit und Jugend immer gefragt habe, wie das anzustellen sei und ob es wohl eine bestimmte Methode dafür gebe.

Den Staub der Wüste konnte man spüren, er war allgegenwärtig, bedeckte die Haut und sammelte sich in den Augenhöhlen. Er rief Juckreiz hervor, man konnte krank davon werden.

Die Erkenntnis war ein viel heikleres Thema. Sie war nicht greifbar, nicht formbar. Es war einem Menschen nicht anzusehen, ob er sich selbst kannte. Auch schienen Erkenntnis und Krankheit in keinerlei Zusammenhang zu stehen.

Ich wurde von Ibrahim unterrichtet und ging außerdem auf die Französische Schule. Man brachte mir algebraische Formeln bei, ich konnte mir die Welt auf der Landkarte vorstellen, erfuhr von anderen Lebensformen, vertiefte mich in die Geschichte und in die Lehre des Korans. Doch meine eigene Haut zu durchdringen und zu sehen, was sich darunter befand, gelang mir nicht. Lernen und Kultur sind eine Sache, etwas ganz anderes ist es, sich selbst zu kennen.

Ibrahim sprach von Geduld und der Notwendigkeit, Bücher zu lesen und anderen zuzuhören, um etwas über das Leben zu erfahren.

«Herr, wie lernt der Mensch sich selbst kennen?», fragte ich eines Abends meinen Vater, nachdem wir auf der Reise zum Markt nach Gossi unser Lager auf den Anhöhen von Gourma aufgeschlagen hatten.

Mein Vater Jusuf, bereits ein alter Mann, schien über diese Frage nachzusinnen und ließ sich mit der Antwort Zeit. Er fuhr fort, den Tee zuzubereiten. Dann bot er mir ein Glas an, bitter und stark, bediente sich selbst und machte sich an den zweiten Aufguss.

«Welchen Mond haben wir heute?», fragte er nach einer Weile.

«Zunehmenden Mond», antwortete ich, ohne nachzudenken.

«Du kannst ihn in diesem Moment nicht sehen. Woher weißt du, dass er zunimmt?», fragte er sanft.

«Vor einer Weile, bevor er hinter den Dünen unterging, stand er noch am Himmel», erwiderte ich.

«Bist du dir ganz sicher, dass du ihn heute Abend gesehen hast?», fragte er liebevoll. «Oder kommt es dir vielleicht nur so vor?»

Ich streckte mich im Sand aus. Der Himmel über dem Sahel war sternenübersät. An meinem Rücken spürte ich die wärmende Erde. Ich ließ meinen Blick schweifen. In Wirklichkeit wusste ich nicht, ob ich den Mond, dünn wie ein Blatt, genau an diesem Abend gesehen hatte, ob es gestern gewesen war oder ob ich ihn mir nur vorgestellt hatte.

«Ich weiß, dass er da war», sagte ich, während ich mich wieder erhob, und sah meinem Vater in die Augen.

«So ist es, Abdel. Der Mond und seine Umlaufbahn über der Wüste sind dir vertraut; du weißt, dass er derzeit zunimmt und dass er vor einer Weile untergegangen ist, obwohl du nicht sicher sagen kannst, ob du ihn wirklich gesehen hast. Du weißt genau, wann er zu- und wann er abnimmt. Du folgst seiner Bahn, um abzulesen, wie lange es noch bis Ramadan ist. Es ist eine Art universelles Wissen, das auf Beobachtung beruht. Und genauso beobachten sich auch manche Menschen selbst und lernen sich mit den Jahren intuitiv kennen.» – Mein Vater hielt einen Moment inne und lächelte mich zärtlich an. – «Aber es geht diesen Menschen so wie dir mit dem Mond. Sie kennen sich, ohne sicher sagen zu können, ob sie sich selbst je gesehen haben.»

Erkenntnis war also etwas Intuitives. Ich war jung und ein wenig eigensinnig, und worin auch immer jene Erkenntnis bestehen sollte, ich hatte Mühe, an sie zu glauben oder sie mir auch nur vorzustellen. Und doch kannte ich meine Wünsche und Neigungen schon ein wenig.

Als ich zehn Jahre alt war, verliebte ich mich in Fatma, obschon ihre dunklen, tiefen Augen mir ebenso unerreichbar schienen wie die Erkenntnis. Sie war fern. Liebe und Erkenntnis schienen ein wenig dasselbe zu sein oder zumindest ähnlichen Wesens.

Ich wollte Fatma nahe sein. Und ich wollte mich selbst erkennen. Aber Fatma beachtete mich kaum, und die Erkenntnis schien tief verborgen. Außerdem wollte ich reisen, um die Welt kennenzulernen. Mein ganzes Wesen war ein einziges Wollen und drückte sich nur darin aus: lieben wollen, reisen wollen, erkennen wollen.

In Timbuktu gab es einige weise und viele gelehrte Männer. Der Weise kennt sich selbst. Der gelehrte Mann hat durch seinen Fleiß mehr Wissen erworben als die meisten anderen Menschen, aber damit gleicht er nur einem dicken Buch oder einem Tonbandgerät; doch Gedächtniskraft und Studium reichten meiner Meinung nach nicht aus.

Ibrahim war ein weiser Mann. Ich glaube, dass er und mein Vater Jusuf sich selbst kannten. Außer ihnen gab es noch weitere gebildete Männer, die jedoch engstirnig waren. Es handelte sich zwar um große Islam-Theologen, ihr Geist aber wirkte verschlossen und wie abgestumpft. Was zum Beispiel in Fatmas Vater, Hamid dem Einäugigen, vorging, habe ich nie verstanden.

Nur über wenigen Menschen strahlt das Licht der Erkenntnis. Dies nahm ich, genau wie die Mondphasen, durchaus intuitiv wahr.

In seinem Unterricht erzählte mir Ibrahim von den Reisenden Ibn Battuta und Ibn Jubair, die im 13. und 14. Jahrhundert die gesamte arabische Welt durchquert hatten.

Seit ich klein war, wollte ich reisen. Ich glaubte, die Erkenntnis, von der mein Vater immer sprach, müsse auch fern von Timbuktu, jenseits der Grenzen meines Landes zu finden sein.

«Lerne, Abdel Mansur», pflegte Ibrahim zu sagen. «Lerne und zeige Timbuktu seinen Besuchern. Ein großer Reisender kannst du werden, sobald du erwachsen bist. Wenn du eines Tages die Welt da draußen kennenlernen willst, musst du dich jetzt darauf vorbereiten.»

Es kamen nur wenige Besucher, aber einige waren es doch. Zu Beginn der siebziger Jahre löste Timbuktu eine gewisse Begeisterung aus. Die Fremden kamen über Bamako, allerdings nicht mehr mit den Karawanen, sondern mit dem Auto. Männer und Frauen, die westliche Kleidung trugen und mich von dem Verlust Fatmas ablenkten. Ich war noch keine zwölf Jahre alt, kannte die Geschichte meiner Stadt aber in- und auswendig.

Die Nächte in Timbuktu waren wunderschön und faszinierend. Und in diese blaue Jungfräulichkeit schlich ich mich ein, um Timbuktu den Fremden zu zeigen. Niemand konnte das besser als ich. Die anderen Kinder stritten sich darum, die Stadt und ihre Umgebung bei Tageslicht zu zeigen, doch niemand drang in mein nächtliches Territorium ein.

Still, nahezu menschenleer und – bis auf einige prasselnde Herdfeuer und das Schattenspiel der Öllampen – vom unermesslichen Mantel des blauschimmernden Vollmondes in Dunkelheit gehüllt, ist Timbuktu eine der schönsten Städte der Erde. Ein Ort, an dem Allah, der Geist Gottes, den Menschen nahe ist.

2.

Der unsichtbare Mensch

Meine Mutter Soraya war ein bildhübsches Mädchen, mit dunklen Augen und brauner Haut. Ich nenne sie ein Mädchen, weil mein Vater doppelt so alt war wie sie. Doch anders als im Sahel üblich, war sie seine einzige Ehefrau.

Oft begleiteten wir meinen Vater auf seinen Reisen. Jusuf stammte von den Tuareg ab, er war von kleiner Statur und äußerst agil. Die Sanftheit der Wüste lag ihm im Blut. Seine Familie hatte das Nomadentum aufgegeben und sich in Timbuktu niedergelassen, er aber betrieb weiter Handel mit den Karawanen, organisierte eigene und verbrachte sein ganzes Leben damit, durch die Wüste zu ziehen.

Mein Vater lehrte mich, die Sterne zu beobachten und *Ihenkadh*, die Hörner der Gazelle, den Polarstern, die Milchstraße und andere von alters her bekannte Sternbilder zu erkennen. Wer oft den Himmel betrachtet, sagte mein Vater, bleibt immer mit dem Weltraum in Verbindung.

Jusuf hatte ungewöhnliche Ansichten, trug sie aber nie zur Schau und äußerte seine Meinung nur, wenn er danach gefragt wurde. Auch an Sorayas Seite sprach er nur wenig, doch war es eine Freude, die beiden zu sehen, wie sie sich auf Reisen gemeinsam dem Schweigen und der Wüste anheimgaben.

In den Jahren 1972 und 1973 wurde der Sahel von einer großen Dürre heimgesucht. Scharen von Tuareg kamen nach Timbuktu und lagerten vor der Stadt. Das wenige Weideland im Süden verschwand, und die Lage wurde immer ernster.

Meine erste große Liebe war damals schon gestorben. Fatma, die Tochter des einäugigen Hamid, hatte keine Zeit gehabt, mich zu lieben. Und obwohl ich ihr noch wenige Tage, bevor sie die Stadt verließ, meine Liebe gestand, blieb ich doch immer im Zweifel darüber, ob ihre Augen mich zärtlich angesehen hatten, ob sie die Regungen meiner Seele wahrgenommen hatte. Ihr Vater Hamid hatte ihre Heirat beschlossen, und sie war in die Gegend von Hombori gezogen, wo sie kurz nach der Hochzeit starb.

Monate später, als wir auf einer Reise nördlich dieses Dorfes in einer Gegend mit rötlichen Dünen unser Lager aufschlugen, konnte man von weitem einige Felsformationen ausmachen. Sie wurden nach der Tochter des Propheten «Die Hand Fatmas» genannt, und ich fragte mich, warum meine Geliebte ausgerechnet dort gestorben war, wo die Berge ihren Namen trugen.

Seit Fatmas Tod, ich wusste nicht, warum, hegte Hamid eine heftige Abneigung gegen mich.

Wie konnte im Herzen eines Menschen so viel Hass wohnen? War es etwa ein Sakrileg, eine seiner Töchter zu lieben? Glaubte er, dass ich Fatmas Tod gewünscht hatte? Überall fluchte und schimpfte der alte, einäugige Hamid auf mich, Abdel, Jusufs Sohn. Durch nichts war sein ungerechter Zorn zu besänftigen.

Ibrahim war es, der mir zu Hilfe kam. Er erzählte mir eine Geschichte, an der ich mir ein Beispiel nehmen sollte:

Vor vielen Jahren hatte sich den menschlichen Siedlungen südlich des Niger einmal ein Rudel Löwen genähert. Und wenn sich ein Mann plötzlich und unbewaffnet einem Löwen gegenübersah, blieb ihm nur eine Möglichkeit, sein Leben zu retten:

«Unsere Vorfahren haben gelernt, dass man sich, wenn man wehrlos ist, unsichtbar machen, in vollkommener Reglosigkeit verharren muss, es ist der einzige Ausweg … Bedauerlicherweise ist der Löwe schon vor langer Zeit in die Savanne zurückgekehrt. Dennoch bleibt gültig, was wir von ihm gelernt haben. Und Menschen können wesentlich gefährlicher sein als wilde Tiere.»

Nach einer Pause fuhr er fort:

«Du wirst im Leben immer wieder auf Menschen

treffen, die ohne ersichtlichen Grund etwas gegen dich haben. Du wirst mit ihnen nicht darüber sprechen können, es wird sinnlos sein, über die Ursache auch nur nachzudenken … In diesem Fall musst du dich für sie unsichtbar machen. Wenn du selbst dich unsichtbar fühlst, werden auch sie dich nicht sehen. Und irgendwann werden sie dich in Ruhe lassen.»

«Aber wie macht man das?»

«Es ist ganz einfach, du musst es dir nur vorstellen. Bilde dir fest ein, du seiest unsichtbar. Führe sogar die Handbewegungen aus, dich in einen Mantel der Unsichtbarkeit zu hüllen, und bewege dich, wenn du auf die entsprechende Person triffst, ganz behutsam, als berührtest du kaum den Boden. Ich versichere dir, dass sie dich schon nach kurzer Zeit nicht mehr beachten wird.»

Der einäugige Hamid blieb verstimmt und schien mich weiter für einen Tod verantwortlich zu machen, an dem ich keine Schuld trug. Also lernte ich mit den Jahren, mich unsichtbar zu machen.

Wann immer ich in seine Nähe kam, hüllte ich mich in meinen Mantel der Unsichtbarkeit. Anfangs schien es nichts zu nützen, doch mit der Zeit erreichte ich, dass Hamid mich kaum noch wahrnahm.

Was mir Ibrahim beigebracht hatte, sollte mir ein

Leben lang von Nutzen sein. Es hat sich immer als die beste Lösung erwiesen, um einer sinnlosen Auseinandersetzung, einem unnötigen Streit aus dem Weg zu gehen.

3.
Die Karawane

Im Vollmondlicht warf die Karawane riesenhafte Schatten über die ersten Dünen des Erg. Die Rücken der Kamele waren mit Straußenfedern und schwarzafrikanischem Kunsthandwerk beladen: Masken, Messer, Halsketten aus Halbedelsteinen und anderer Modeschmuck zum Verkauf auf den Märkten im Süden Marokkos. Die Zeiten, in denen mit Sklaven, Gold und Elfenbein aus dem Osten des afrikanischen Kontinents gehandelt wurde, waren lange vorbei.

Wir verließen Timbuktu in Richtung Araouane und Teghazza, um von dort nach Sijilmassa und später zur Felswüste, der Hammada du Dra, zu gelangen, das Anti-Atlas-Gebirge zu überqueren und schließlich die Oase von Flint im Norden von Erfoud zu erreichen, den Ausgangspunkt der Karawane.

Auf diese lange Reise begab sich Jusuf, mein Vater, um meinetwillen. Ich sollte mit ihm die Wüste durchqueren, damit ich niemals vergäße, woher ich stammte. Er, der sich selbst so gut kannte, war bereits sehr alt und ahnte, dass ihn schon bald der Tod aufsuchen würde. Doch fürchtete er ihn nicht. Denn der Tod ist sanft für die Menschen der Wüste: eine letzte Liebkosung, ein letzter Tee.

Ibn al-Nalis, der Anführer der Karawane und ein alter Freund meines Vaters, hatte uns erlaubt, ihn nach Flint zu begleiten. Danach wollten wir etwa zwei Monate in Marokko bleiben, bevor wir mit einer anderen Ladung nach Timbuktu zurückkehren würden.

Nach drei Wochen gelangte die Karawane in die Gegend von Taudenni. Während wir am Brunnen unser Lager aufschlugen, scharten sich sogleich die Dorfkinder um uns.

Da es bis zur Oase nicht mehr weit war, hatte Ibn al-Nalis beschlossen, hier einige Stunden zu rasten; die Sonne näherte sich dem Zenit, und die Männer waren müde. Ich brachte das Kamel meines Vaters zum Stehen. Jusuf war völlig erschöpft, aber, wie immer, beklagte er sich nicht; vielmehr wünschte auch er, in Taudenni zu halten. Niemals widersprach er Ibn al-Nalis, den er liebte und bewunderte, bei der Führung der Karawane durch die Wüste.

Als mein Vater vom Kamel gestiegen war, lief ein kleiner Junge von wohl kaum sechs Jahren auf ihn zu, um ihn willkommen zu heißen. Jusuf nahm den Turban ab und blickte den kleinen Targi mit wachem Blick und einem strahlenden Lächeln an.

Dies ist meine wertvollste Erinnerung an jene fast zweimonatige Reise mit der Karawane. Mein Vater, wie er nach einem langen Ritt durch die brütende Hitze mit geröteten, offenen, fragenden Augen einen kleinen Jungen in einem Wüstendorf anlächelt.

Dieser Anblick versetzte mich in meine Kindertage zurück, als ich derjenige war, der sich in seinen Augen spiegelte, in diesem Blick, der dir noch nach Jahren ein Bild deiner selbst zurückwirft, in dem du dich ganz leicht wiedererkennst. Denn in jenem einstigen Blick lagen Freude und Zärtlichkeit und ein Lächeln, das wahre Empfindungen erkennbar, sichtbar zu machen vermochte – ein Lächeln, das sich so vervielfacht, wie es Sternschnuppen in Sommernächten tun.

Neben vielen anderen Dingen lehrte mich mein Vater, dass ein weiser Mensch sich gut mit Kindern versteht, weil er weiß, dass seine Welt und die ihre sich auf demselben Planeten befinden, sosehr auch jeder Mensch parallele, ferne und fremde Universen in sich trägt. Kind und Erwachsener teilen ein und dieselbe Erde, doch dies bloß zu verstehen genügt nicht, man muss es als Gefühl in sich tragen: vielleicht indem man von jenem Ort ausgeht, an dem man als Kind einem alten Mann begegnete, der mit einem Lächeln das erste Samenkorn dafür säte.

Als wir damals vor Taudenni rasteten, kam am Abend der kleine Mohammed erneut gelaufen, um die Nähe meines Vaters zu suchen. Es war eine Wonne, ihn zu beobachten: wie er aufmerksam und fest in Jusufs Pupillen blickte, als ob er spürte, dass dort eine ferne, verborgene Wahrheit zu finden sein könnte.

«Die Kinder hören uns zu, Abdel, und später verändern sie die Welt», sagte mir Jusuf auf der Weiterreise.

Ich glaubte ihm; ich glaubte meinem Vater immer. Als ich Jahre später beobachtete, wie die meisten Beziehungen zwischen Vater und Kind in Europa aussahen, musste ich dies unweigerlich mit meiner Erfahrung im Sahel vergleichen – aus gegenseitigem Respekt, nicht aus blindem Gehorsam werden dort Kenntnisse von Generation zu Generation weitergegeben mit einer Selbstverständlichkeit, die wohl durch das Nomadentum und das harte Leben in der Wüste begründet ist.

In der Oase von Flint nahe Ouarzazate wurde die Karawane mit großen Freudebekundungen empfangen. Die Männer waren sechs Monate von zu Hause weg gewesen, ihre Ankunft löste Jubel aus. Alle waren gesund zurückgekehrt.

Eine Woche lang erholten Jusuf und ich uns in der Oase, bevor wir nach Marrakesch weiterreisten, der ersten großen Stadt, die meine Augen sahen.

Der Platz Djemaa el Fna vibrierte in der Abendsonne von Farben, Gauklern, Touristen. Vom Minarett der Koutoubia-Moschee rief der Muezzin die Gläubigen zum Gebet, während das Leben auf dem Platz pulsierte. Hier gab es Garküchen, bunt leuchtende Wagen, an denen man erfrischenden Orangensaft trinken konnte, Akrobaten und Feuerschlucker, Händler, die Wasser, Mandeln, Tee und Träume feilboten.

Marrakesch beeindruckte mich wie keine andere Stadt; nicht einmal meine Begegnung mit Europa hat in späteren Jahren einen so starken und übersinnlichen Eindruck auf mich gemacht und meinen Geist so sehr ergriffen.

Marrakesch war anders als alles, was ich mir bisher auch nur vorgestellt hatte, es war die erste Stadt, die ich mit meinen eigenen Augen sah, die erste Menschenmenge jenseits der staubigen Marktflecken südlich von Timbuktu, wohin ich meinen Vater zu begleiten pflegte. Meine Erregung auf dem Markt von Gossi, im Zeltlager von Timbuktu und selbst im Gewimmel von Mopti war nicht annähernd mit der Faszination zu vergleichen, die Marrakesch auf mich ausübte.

Nachts stieg ich auf die Terrasse unserer kleinen Pension, streckte mich auf dem Boden aus und schaute lange in Richtung Djemaa el Fna. Der Platz war wie ein Lebewesen, das der Nacht trotzt.

Am folgenden Morgen nahm mich der Souk, das

riesige labyrinthische Händlerviertel von Marrakesch, gefangen und vergrößerte meine Bewunderung noch um ein Vielfaches. Färber, Taschenmacher, Töpfer, Klempner und Lederkunsthandwerker hatten ihre jeweils eigenen Gassen; hier eine Ecke, um Tee zu trinken; Hunderte von Gewürzständen; dort lugten Sonnenstrahlen durch ein Strohdach und beleuchteten die verführerischsten Datteln, die ich je gesehen hatte. In Marrakesch wurde alles größer, bedeutender, und die Welt schien verschwenderisch, so als hätte der Schöpfer hier ein Stück Paradies auf die Erde gesetzt.

Mit einer Ladung Salz aus Sijilmassa begaben wir uns auf die Heimreise nach Timbuktu, aber ich hatte Mühe, in die Realität zurückzufinden. Nach drei oder vier Tagen begannen die Lichter von Djemaa el Fna in meinem Geist zu verblassen – doch blieben sie wie eine unbeantwortete Frage in meinem Gedächtnis haften, während die Pilgerschaft durch die Wüste mich wieder der Welt zuführte, die ich bisher gekannt hatte. Zurück zum Staub, der Hitze, den langen Wanderungen und der Stille.

Ibn al-Nalis kannte Routen, die noch nicht von Jeeps und Lastwagen befahren waren und auf denen man seine Waren sehr schätzte. Ihm schienen die Veränderungen in der Wüste nichts anhaben zu können.

«Wir werden weiterhin tun, was wir immer getan haben», sagte er. «Immer wird es Gegenden und Orte geben, die auf die Karawanen warten, und dorthin werden wir ziehen.»

Tage von Sonne und Sand, Dünen und Wind und einer unerbittlichen Sonne, die in der Sahara über alles herrscht, was lebt und sich regt. Der Vollmond beleuchtete die Dünenfelder, wir schritten auf den Pfaden voran, die seit Jahrhunderten die Sterne wiesen. Unser Schicksal lag in Ibn al-Nalis' Händen, und schon nach kurzer Zeit verwehten unsere Spuren im Sand. Während der heißesten Stunden schlugen wir unser Lager auf und suchten Schutz vor der Sonne.

Jusuf sprach von Tag zu Tag weniger, und ich fragte mich, ob dieses Schweigen, das seiner Person ja entsprach, wohl mir galt. Die lange Karawanenreise zeichnete die Linien, die unter der Wüstenoberfläche verlaufen, in meine Träume und in mein Bewusstsein ein.

4.
Der Freund

Alles Wünschen führt zum selben Ziel, sagte meine Mutter Soraya immer; wähle den Weg, der dir am besten gefällt.

Sorayas Stimme war so süß und so mild wie ein frischer Windhauch in der Mittagshitze der Sahara. Eine Frau, die wusste, dass jeder Mensch im Herzen ein Nomade ist.

Wann immer die Umstände es mir erlaubten, habe ich neben meinem Unterricht bei Ibrahim die Französische Schule besucht, dieses beste Vermächtnis der Kolonialzeit. Ich wusste nicht, wohin das Schicksal mich führen würde, aber ich ahnte einen Zwiespalt zwischen der Welt meiner Kindheit, die noch mein Vater verkörpert hatte, und der neuen Welt, die jene alte zusehends zu verdrängen schien. Keine davon war die einzig richtige, und mir war, als müsse ich ein gewisses Gleichgewicht zwischen den beiden herstellen.

Mein Vater Jusuf starb. Und als ich etwa zwanzig Jahre alt war, wurde die Region Timbuktu und der Norden Malis von einer verheerenden Cholera-Epidemie heimgesucht. In wenigen Tagen zählte man Hunderte von Toten.

Aus allen Teilen der Welt kamen Mitarbeiter unterschiedlicher Organisationen, um den Menschen zu helfen und die Epidemie einzudämmen.

«Das Gold stammt aus dem Süden, das Salz aus dem Norden und das Geld aus dem Land des weißen Mannes, aber die Märchen und das Wort Gottes sind einzig in Timbuktu zu finden», heißt es in einem alten Sprichwort. Und doch hatte mein Lehrer Ibrahim recht, als er mich warnte:

«Sprichwörtern, die die Völker voneinander trennen und die Menschen spalten, schenke wenig Glauben; folge denen, die sie verbinden. Das Wort Gottes ist überall.»

Mit der Ankunft des Todes, der Cholera und den eintreffenden Hilfsorganisationen schien das alte Sprichwort widerlegt. Ibrahims Worte bewahrheiteten sich.

Europa war nicht nur eine Zivilisation, die fremde Länder wirtschaftlich ausbeutete, Europa bestand nicht nur aus Firmen, die nach Erz suchten, oder aus neugierigen Menschen, die in kurzen Hosen über die Dünen liefen und denen die Dorfkinder ein paar Francs abbettelten. Europa, die westliche Welt, war noch etwas anderes. In Europa gab es einzelne Menschen, Personen, Verbände, denen es darum ging, zu helfen, Wissen weiterzugeben, vorzubeugen, zu heilen, und das nicht nur durch Geldspenden und wirtschaftliche

Mittel, sondern auch durch persönliche Hingabe und körperlichen Einsatz.

Die improvisierten Zelte der freiwilligen Ärzte erinnerten an die Wüste von einst, an die *Jaimas*, die Nomadenzelte, in denen die Familien der Tuareg lebten, nur dass die Kranken darin inzwischen mit Serum und Antibiotika geheilt wurden. Ich mochte den Vergleich, und wenn ich nachts von fern die Zelte betrachtete, musste ich immer wieder an die *Jaimas* der Tuareg denken; es war, als ob die beiden Welten sich hier träfen und ineinander übergingen.

Während jener tragischen Zeit von Timbuktu gewann ich einige Freunde aus dem Land der Weißen.

Dank meiner nächtlichen Führungen durch die Straßen von Timbuktu und den Palmenhain von Ben Ag al Mar und aufgrund meiner Französischkenntnisse schloss ich Freundschaften, von denen manche ein Leben lang gehalten haben.

Ich, Abdel Mansur, Sohn des verstorbenen Jusuf, hatte eine Begabung dafür, meine Stadt zu zeigen, über mein Volk und all jene zu sprechen, die seit Menschengedenken in Timbuktu lebten und die Einsamkeit der Wüste kannten. Im Mondschein erzählte ich ihre Geschichte, umgeben von unruhigen Schatten, die die Häuser und Lehmpaläste warfen.

«Führer des blauen Mondes» wurde ich von einigen Europäern genannt, doch der Erste, der mich so taufte, war mein Freund Ismael, während ich ihm eines Nachts die Djingareiber-Moschee zeigte, die ein hispanischer Vorfahr, ein Architekt aus Andalusien, erbaut hatte.

«Du, Abdel, bist der Führer des blauen Mondes. Die Menschen, die die Stadt mit dir besichtigt haben, sagen, dass der Mond die Silhouette Timbuktus in blaues Licht taucht.»

Und dies traf zu, denn in der Wüste nimmt der Vollmond eine seltsam blaue Färbung an, auch in Timbuktu – genauso wie es zutraf, dass mir aus jener Zeit der Cholera die Freundschaft mit Ismael dauerhaft erhalten blieb.

Ismael Fernández war Lastwagenfahrer auf der Route zwischen Timbuktu und Bamako, die er mehrmals im Monat zurücklegte.

Ismael hielt sich nicht sehr lange in Timbuktu auf, in mir aber hinterließ er das Gefühl, dass ich ihn schon immer gekannt hatte.

Mit Begeisterung erzählte er mir von der Finca seiner Eltern in der Nähe von Vilafranca del Penedés in Spanien, wo Wein angebaut und in großen Mengen gekeltert wurde.

Fürs Rote Kreuz war er nur vorübergehend tätig.

Er war jung, wollte Erfahrung sammeln, nützlich sein. Und er war offen und mitteilsam:

«Wenn du einmal nach Europa reist, musst du mich besuchen kommen», sagte er mir voller Zuneigung.

Freunde erkennen einander auf Anhieb.

Genauso war es mit Nicolas Quedec. Nicolas war Arzt beim Roten Kreuz und machte seine Arbeit still und ohne Aufhebens. Seine Wesensart erinnerte mich an die meines Vaters. Ganz wie Jusuf brachte er seine Autorität nur selten zum Ausdruck, und doch lag die Lagerorganisation deutlich in seiner Hand. Rasch entstand unter seiner Leitung ein neues Rundzelt, täglich überwachte er die Ausbreitung der Infektion und die Entwicklung des Bazillus, informierte sich über die Zahl der neu Erkrankten und der Todesfälle.

Für Nicolas zählte jeder Kranke. Das Überleben der Infizierten war es, das seiner Mission in Timbuktu, ja seiner Existenz Sinn verlieh. Nicolas war französischer Herkunft, gerade vierzig Jahre alt. Er hatte forschende Augen, die sich hinter dünnen Brillengläsern verbargen, dunkles Haar, aus dem die ersten grauen Strähnen lugten, und eine ruhige, gelassene Art. Er war ein Mensch, der fremden Kulturen Respekt entgegenbrachte. Mit den Leuten vor Ort verstand er sich glänzend, und das erleichterte seine Arbeit zusätzlich.

Jahre später habe ich ihn in Frankreich besucht und traf auf einen integren Mann, der noch immer um Dinge besorgt war, die die wenigsten Menschen beschäftigen. Für Nicolas war die Medizin nur dann sinnvoll, wenn man sie auf dem ganzen Planeten anwenden konnte, also auch in den Entwicklungsländern.

«Was nützt uns ein Kontinent voller alter Menschen?», sagte er über Europa und fügte hinzu: «Es sind die Kinder in Afrika, denen wir helfen müssen.»

5.

Die Sterne der Sahara

Die Kinder Afrikas. Die Kinder der Islamschule in Timbuktu. Eines Abends sah ich, wie sie meinem Lehrer Ibrahim folgten. Sie gingen in einer Reihe hintereinander her und sangen, damit die Mondfinsternis, die sich an jenem Abend am Himmel abzeichnete, zurückweiche und der Vollmond seine Herrschaft wiedererlange.

Auch ich war ein Kind, das erwachsen geworden war. Das Kind war älter geworden und dachte, dass die Zeit gekommen sei, Afrika zu verlassen.

Die Welt bewegte sich in unterschiedliche Richtungen. Ich liebte die Wüste *und* den Fortschritt, und ich liebte es zu reisen. Ich musste herausfinden, was jenseits der Welt lag, die ich kannte.

Jeden Abend, nach einer einfachen Mahlzeit, die aus Tee und etwas Reis bestand, spazierte mein Vater durch den Palmenhain Ben Ag al Mar. Ich begleitete ihn oft auf diesem stillen Gang. Während wir so nebeneinander herliefen, färbte sich der Himmel mit einem Mal rosarot, bevor er die Nacht empfing. Blanker, wolkenloser Saharahimmel, umsäumt von Rosa, dann von Violett, dann von Indigoblau, auf dem die ersten Sterne aufleuchten. Fast unmerklich legte Jusuf beim Gehen immer wieder bedächtig den Kopf in den Nacken und betrachtete die Sterne, ein fast unbewusster Ritus, so natürlich vollzog er ihn.

Ich ahnte, dass mein Vater auf diesen Spaziergängen Selbsterkenntnis erwarb – jenes Wissen eines Menschen über sich selbst, um dessentwillen auch ich dieses Buch zu schreiben begann.

Die Cholera-Epidemie war zurückgegangen, und einige Hilfsorganisationen, die in Timbuktu stationiert gewesen waren, verschwanden wieder: Sie hinterließen eine gewisse Infrastruktur, die einem erneuten Ausbreiten der Cholera vorbeugen und die Versorgungssituation in dieser Gegend verbessern sollte.

Die Welt entwickelte sich schneller als gedacht. Es gab mehr und mehr Jeeps, und die Karawanen wurden immer weniger. Europa, der Westen, der Norden kamen beständig näher, und ich wusste, bald schon würde ich den Schritt wagen.

Damals, wenn ich im Palmenhain von Ben Ag al Mar auf dem Boden ausgestreckt den Sternenhimmel Afrikas betrachtete, sehnte ich von Tag zu Tag inniger meine Zukunft in Europa herbei, eine völlig neue Welt, die ich bald entdecken würde.

Und doch war es seltsam, dass ich immerfort an den Satz aus ich weiß nicht mehr welchem Buch denken musste, den mein Vater vor Jahren von einer felsigen Hochebene aus zitiert hatte, mit Sicht auf die fernen Dünen der Sahara:

«Wenn du einmal von hier fortgehst, Abdel, so vergiss nie, dass sich die Wüste schneller ausbreitet als die Zivilisation.»

Zweiter Teil

Europa

«Manchmal frage ich mich, ob nicht der Herr der Finsternis zu allen Religionen inspiriert hat, und zwar einzig und allein, um Gottes Bild zu entstellen.»

Amin Maalouf [2]

6.
Der Traum von Europa

Ein Abkommen zwischen der Schule von Timbuktu und der SFPT, einer französischen Organisation, die sich um die Ausbildung von Jugendlichen in Mali kümmerte, ermöglichte mir, die letzten zwei Jahre der Oberstufe und das Abitur in Frankreich zu absolvieren. Ich erhielt finanzielle Unterstützung und wurde in einem Vorort von Marseille untergebracht, wo ich gemeinsam mit anderen Einwanderern aus dem Maghreb wohnte.

Der Traum von Europa bewahrheitete sich auf zugleich magische und erschreckende Weise. Ich musste mich an den Anblick des dichten Laubs und der satten grünen Wälder erst gewöhnen, aber auch an die Reserviertheit und Kälte der Menschen. Anmutig entfaltete Europa seine landschaftlichen Eigenheiten, die alle meine Vorstellungen übertrafen, doch mir schien es, als ob all diese Schönheit sich verflüchtigte, sich nicht zu sammeln vermochte. Frankreich verführte mit dem Licht des Südens, den Farben der Provence, der Eleganz von Paris. Doch es enttäuschte umso mehr mit seinen Vorstädten, mit der unverhohlenen Ausgrenzung, die wir Immigranten erfuhren. Aber all das sollte für mich erst später eine Rolle spielen, nachdem das erste Staunen und die Angst, auf Ablehnung zu stoßen, sich gelegt haben würden.

Als ich an jenem ersten Tag mit drei anderen Jugendlichen aus Mali mit dem Flugzeug in Frankreich ankam, besaßen wir alle Papiere, die völlig in Ordnung waren, von den Behörden in Frankreich und Mali genehmigt, abgestempelt und für gültig erklärt. Doch unter dem strengen Blick des Flughafenbeamten, dem ich meinen Pass und die Aufenthaltsgenehmigung aushändigte, begannen meine Hände zu zittern.

Es war ein eisiger Blick, und ich spürte, wie die kalte Luft Frankreichs unter den Kragen meines zerknitterten Hemdes kroch. Mir brach zugleich der Schweiß aus, während meine Augen die Reise fortzusetzen suchten, das Flughafengebäude durchmaßen und sehen wollten, was sich draußen befand.

Über meine ersten Jahre in Marseille werde ich mich hier nicht länger ausbreiten.

Ich wohnte in einem ärmlichen, aber sauberen Arbeiterviertel mit seinen tüchtigen und zornigen Menschen und seinen Straßen voller Blumen. Ich lebte mich schnell ein, und alles, was mich umgab, war für mich, wenn auch nicht wunderbar, so doch neu und anders.

Ich bewohnte ein Zimmer bei Hassan Alanbi, einem entfernten Verwandten meiner Mutter. Ich zahlte ihm einen kleinen Teil meiner Einkünfte. Auch wenn das Geld sehr knapp war, es stellte für mich nie ein wirkliches Problem dar. Ich lernte, und ich arbeitete. Ich hatte ein kleines Stipendium, davon bezahlte ich Hassan, schickte Geld an meine Mutter und konnte doch noch einige Francs zurücklegen, um im Sommer auf Reisen zu gehen.

Mein Traum war Wirklichkeit geworden: Ich war in Europa, und nach und nach fügte ich mich in die neue Zivilisation ein. Dennoch überkamen mich manchmal, mitten in der Nacht, die Bilder der Wüste. Schweißgebadet erwachte ich dann und musste hinaus auf die Straße.

Unser Viertel befand sich in der Nähe des Hafens. Die Luft war dort feucht, doch meine Hände sehnten sich stets nach der Trockenheit, dem Staub, der sich leise auf das Gesicht und die Handflächen legt. Ich verließ das Haus, um ein wenig zu laufen. Die Straßen waren kalt und leer. Weit und breit war keine Menschenseele zu sehen, und ich fragte mich, wie eine Stadt, in der Millionen von Menschen lebten, so verlassen und unheimlich wirken konnte. Ich dachte an die nächtlichen Gänge durch Timbuktu und sehnte mich nach jenem Frieden, nach den unbekannten freundlichen Schatten hinter den Mauern der Sidi-Yahiya-Moschee.

Durchgefroren kehrte ich nach Hause zurück, suchte mich durch meine Erinnerungen zu besänftigen und schlief dann noch ein paar Stunden, bevor ich mich früh am Morgen wieder erhob, den Tee für Hassan bereitete und mich auf den Weg in die Schule machte.

Graue Straßen von Marseille, verregnete Straßen, traurige Straßen unter schwacher Märzsonne, Straßen, die ich mit immer neuen Augen betrachtete.

Straßen voller Lebensmittel- und Elektroläden, Apotheken, Warenhäuser und Schaufenster, wo ich oftmals vor einem Farbfernseher stehenblieb, der die Wetterkarte Frankreichs zeigte, mit Wolken und Sonnen aus Pappe, und der von Afrika nichts wusste, einer Welt, die viel weiter entfernt schien, als sie es tatsächlich war.

Nachmittags arbeitete ich in einem kleinen libanesischen Restaurant. Anfangs war ich für das Saubermachen und die unangenehmsten Aufgaben zuständig, doch bald gewann ich das Vertrauen des Besitzers.

Abdullah sprach begeistert von Beirut, von seinem geliebten Libanon, dem besonderen Licht und den kulinarischen Geheimnissen. Schon bald sah er, dass ich mich in der Küche geschickt anstellte, und so erfüllte er meinen Wunsch und brachte mir seine am Mittelmeer erworbenen Kochkünste bei. Mich beglückten seine Gesellschaft, seine Unterweisungen, seine Freundschaft und seine Speisen. Und doch ahnte ich noch nicht, dass mir die Gastronomie eines Tages eine Zukunft in Europa sichern würde.

Orient Express war ein lustiger Name für ein so kleines Lokal. Anfang März stellte Abdullah drei Tische und ein paar Stühle auf die Straße.

«Das Leben spielt sich draußen ab», sagte er und setzte sich unter eine schmutzige, verblichene Markise, die sowohl vor Sonne als auch vor plötzlichem Regen schützen sollte.

Eines Nachmittags, zu Beginn des Frühlings, kam ein Mädchen in das Lokal. Sie hatte Augen von der Farbe des Meeres, halblanges, kupferfarbenes Haar, hennagesträhnt, Lippen zart wie das Morgenrot, feingliedrige, sonnengebräunte Hände und Fingernägel aus Rosen, Glas und Haut.

Sie setzte sich an den kleinen Tisch mit dem Gesicht zur Straße. Ich beobachtete sie: ihren Blick, fern und versunken.

Sie bestellte Tee und süßes Gebäck.

Als ich sie bediente, sah ich ihr in die Augen. Sie erwiderte mein Lächeln, schenkte mir ihrerseits einen sanften Blick und ein Lächeln. Der Traum von Europa. An jenem Nachmittag leuchtete er noch ein wenig heller.

7.
Der Süden

Ich ging zur Schule, arbeitete und lernte kochen. So schnell ich zu einem Immigranten geworden war, so schnell verwandelte ich mich in einen französischen Staatsbürger, ohne dabei jedoch meine Wurzeln, meine Wesensart preiszugeben – und ohne zu vergessen, dass ich die Welt kennenlernen wollte, um mich selbst kennenzulernen.

Das Leben eines Menschen besteht aus Fragmenten und Fetzen, aus Schnipseln, aus Stückwerk. Mein Leben in Europa erschien mir: zerrissen, ohne Zusammenhang, bisweilen gar zerfetzt, und ich versuchte mit allen Mitteln, es zusammenzuflicken, einen ganzen Anzug daraus zu fertigen.

Im Sommer darauf reiste ich nach Paris und besuchte Nicolas. Seit seinem Aufenthalt in Timbuktu waren fast drei Jahre vergangen, und er hatte sich kaum verändert. Nicolas wirkte heiter und betrübt zugleich, denn er vermisste die Sternennächte Afrikas. Beide vermissten wir den afrikanischen Himmel. Sich mit Nicolas zu unterhalten, den Nachmittag mit ihm zu verbringen, war noch immer ein Vergnügen.

Freunde erkennen einander auf Anhieb. In der Freundschaft zeigt sich, dass die Zeit etwas Relatives ist. Zwei Freunde erkennen sich stets wieder; ihnen genügt ein Blick, der sie in die Vergangenheit zurückversetzt, ihnen genügt ein Wiedersehen, um sich ihrer Innigkeit zu vergewissern.

Mit der Seele des wahren Reisenden hatte Nicolas die Nächte Timbuktus, die klirrende Kälte der Alpen und das leuchtende Blau der Riviera in seinem Herzen bewahrt. Es ist angenehm, mit einem solchen Menschen zusammen zu sein, einen Nachmittag in seiner Gesellschaft zu verbringen, während die Sonne verblasst, Regen gegen das Fenster trommelt oder der Wind ums Haus heult. Gleich, ob schweigend oder mit tausend Worten, man ist mit dem Freund in Verbindung, fühlt sich geborgen mit ihm und in der Welt.

Jeden Sommer reiste ich durch Europa, lernte den üppigen Norden und den geheimnisvollen Süden kennen. Als ich zum ersten Mal in Spanien war und mich Andalusien näherte, vermeinte ich den Wind der Sahara zu spüren.

Im Süden lag über einigen Stränden und Landstrichen das Licht der Wüste, der Puls der Erde, jene sanfte Luft, der Gottes Geist zu entströmen scheint. Verlassene Landschaften, die an die Seele rühren und uns mit dem Übersinnlichen zu verbinden scheinen: das unbedingte Gefühl, dass dieser Wind uns liebkost und uns schaudern macht, einer Kunde, einer Mahnung gleich.

Dann kehrte ich in meinen tristen Alltag zurück. Das Leben eines Immigranten war recht grausam, und ich musste auf meinen Mantel der Unsichtbarkeit zurückgreifen, um es zu ertragen. Ich flüchtete mich in die Gesellschaft meiner maghrebinischen Freunde und in die Nachmittage im *Orient Express*, vor allem aber versuchte ich, über den Hass hinwegzusehen, der in manchen Teilen der Gesellschaft – der französischen wie auch der maghrebinischen – unerwartet stark zugenommen hatte.

Man musste doch einen Weg der Toleranz und des Zusammenlebens finden können, ohne sich etwas vorzumachen! Man musste es doch wenigstens versuchen!

In schwierigen Momenten dachte ich an den Stamm meiner Ahnen, die Tuareg. Unter ihnen gab es gütige und weise, aber auch törichte Menschen. Letzten Endes obliegt es jedem Einzelnen, sich ein Urteil zu bilden.

Als mein Vater noch ein Kind war, bildeten die *Iklans* – die Sklaven – der Tuareg einen Teil des Gefüges unserer Gesellschaft. Es war David Livingstone, ein Afrikaforscher aus England – einem Land, das sich jahrhundertelang am Sklavenhandel bereichert hatte –, der schon von der Mitte des neunzehnten Jahrhunderts an gegen die Sklaverei gekämpft hatte. Man darf die Dinge nicht schwarz oder weiß sehen, man muss versuchen, den richtigen Weg zu finden und die Zwietracht unter den Menschen nicht noch zu vertiefen aufgrund der Augenform oder der Hautfarbe.

Wer ist der Eroberte, wer der Eroberer? Wie oft hatten sich Zustände schon in ihr Gegenteil verkehrt? Wie viele große Zivilisationen waren in der Menschheitsgeschichte bereits untergegangen?

Und ich versuchte, wie ich schon sagte, in schwierigen Momenten daran zu denken, dass meine Situation keineswegs schlimmer war als die der Sklaven, die noch vor wenigen Jahren Tauschware der Tuareg gewesen waren.

Der Fortschritt braucht seine Zeit … und obwohl die Wüste sich rasch ausbreitet, darf man nicht aufhören, an den Menschen zu glauben.

Ich war der Meinung, dass lokale Bräuche sich dem Lauf der Geschichte anzupassen hätten. Es wäre nicht gerecht, wenn die Tuareg Sklaven hielten in einer Welt, in der die Sklaverei abgeschafft worden ist, so wenig es gerecht ist, Frauen wegen Ehebruchs zu steinigen oder einen Präsidenten allein über einen Krieg entscheiden zu lassen.

Die große Debatte des frühen einundzwanzigsten Jahrhunderts hat nicht die Immigration zum Thema, sondern handelt von Identität und der Fähigkeit zu gegenseitiger Verständigung. Das Problem sind weder die Immigranten noch die Ausländer, das Problem wurzelt nicht in Globalisierung noch in Diskriminierung. Das Problem ist der Mensch selbst, es liegt in seinem Wesen begründet.

Den eigenen Glauben trägt man im Herzen. Es geht nicht darum, ob ich wortgewandt oder amüsant bin, wenn ich spreche. Es geht darum, dass ich mich mitzuteilen weiß, indem ich mich aller Mittel bediene, die mir zur Verfügung stehen: des Mundes, der Wörter, der Blicke, den Augen, der Berührungen, der Hand, die sich auf die Schulter des Freundes legt.

Seit ewigen Zeiten hat ein Reisender Religionen und Bräuche des Ortes, den er besucht, zu respektieren. Es ist wahr: Vor einigen Jahrhunderten war Allahs Schwert unerbittlich, und Männer auf Schiffen aus dem fernen Europa haben die Einwohner des amerikanischen Kontinents ausgerottet … aber all das gehört der Vergangenheit an.

Die Menschen, die in Zeiten der Cholera nach Timbuktu kamen, trugen keine Bibel unter dem Arm.

Das ist der große Unterschied zu den Jahrhunderten der Kreuzzüge, und genau darin liegt die Bedeutung der Menschheitsentwicklung.

Ismael oder Nicolas wollten in Timbuktu keine Kirchen bauen. Sie respektierten den fremden Glauben und trugen den ihren im Herzen.

Ich brauchte keine Moschee in Frankreich, aber auch keinen anderen Gott als den meinen. Und ich begann zu verstehen, dass der Mensch einer Schnecke gleicht: Er kann die schwere Last seines Hauses auf dem Rücken tragen, aber sein Wesen wohnt unter der Haut und im Herzschlag.

Man darf auch nicht zu streng urteilen, denn das Problem sind weder die Moscheen in Europa noch die Kirchen in Timbuktu, noch die Hindutempel in Manhattan, in der Vielfalt liegt bekanntlich die Würze. Das Problem sind fehlende Kultur und Bildung.

8.

Kurze Reise zu den Ursprüngen

Nach vier Jahren kehrte ich erstmals nach Timbuktu zurück.

Die Zeit in Frankreich hatte sich anfangs endlos hingezogen, war jedoch bald leicht und schwerelos dahingeflossen.

Meine Mutter wohnte noch immer in dem alten Haus. Ihre Söhne waren in der Fremde, die Töchter verheiratet. Soraya, mit ihren sanften, liebevollen Augen:

«Ich habe dich vermisst, Abdel, und wenn du mich erneut verlässt, werde ich wieder leiden.»

«Ich weiß, Mutter. Wenn du möchtest, kannst du mit mir nach Frankreich kommen.»

«Was hätte ich dort verloren? Ich bin hier zu Hause, in Timbuktu: Ich muss in der Welt leben, die mir vertraut ist.»

Soraya. Immer natürlich, offen, klar. Manchmal frage ich mich, ob mein Vater sie nicht schlafend in einer Oase gefunden und wachgeküsst hatte.

Oder Ibrahim hatte mir eines Tages diese Geschichte erzählt, mein Lehrer, der noch immer die Kinder unterrichtete.

«Märchen», pflegte er zu sagen, «sind Teil unserer Geschichte, sie geben ihr einen süßen Beigeschmack.»

Jetzt sitzt er, sich vor der Augusthitze schützend, im schattigen Hof seines Hauses, mit dem Rücken zur Tür, er hört und weiß, kann aber kaum noch etwas sehen.

«Bist du es, Abdel?»

«Ich bin es, Ibrahim, Abdel.»

Wir umarmen einander.

Vier Jahre trennen das Licht vom Schatten, und weitere vier Jahre trennen Ibrahim vom Tod. In seinem Testament hinterließ er mir einige wenige Worte, die man mir später nach Europa schickte: «Denke an das, Abdel, was auch dein Vater immer sagte: Wenn du spazieren gehst, betrachte die Sterne.»

Doch hier nun fließt das Leben, bevor es in den Weltraum strömen wird, noch immer durch seinen Körper. Mit seinen langen, schmalen Händen und demselben Feingefühl, mit dem er während meiner Kindheit die Koranseiten umblätterte, berührt er mein Gesicht. Die zarten Hände legen sich auf meine Wangenknochen, auf mein Haupt, bedecken meine Augen.

«Abdel», sagt er.

«Ibrahim.»

Der Nachmittag verstreicht, und der Abend bricht an. Wir sitzen nebeneinander, vor der Wasserpfeife. Ibrahim raucht, ich rauche. Geteilte Glut, Rauch, der emporsteigt und dahinschwebt, höher und höher.

Wie meine Mutter hatte Ibrahim nie das Bedürfnis gehabt zu reisen, die Wüste zu verlassen. Ihm war von hier, von Timbuktu aus, die Welt stets klar verständlich gewesen.

Doch heute Abend verspürt er eine vage Neugierde, die der Seele eines Mannes entstammt, der sein Leben lang Geschichten erzählt hat und nun Neues hören will.

«Erzähl mir, Abdel. Wie ist es dort? Wie ist Europa?»

Vermutlich weiß er viel mehr darüber als ich. Ich weiß, dass andere Leute ihm von ihren Erfahrungen mit jener anderen Welt berichtet haben. Doch weiß ich auch, dass Ibrahim meine Version hören will, über Europa, wie jemand es sieht, der von frühauf seinen Geschichten gelauscht hat.

«Die Stille der Nacht existiert kaum», sage ich. «Um sie zu finden, muss man der Stadt und ihren Vororten entfliehen.»

«Das meine ich nicht, Abdel, ich will andere Dinge wissen. Das Zusammenleben, dein Wohnviertel, das Aufeinandertreffen der unterschiedlichen Welten, wie empfindest du das alles?»

Der Abend verstreicht. Was soll ich erzählen?

In Europa las ich einmal die Geschichte eines jungen Mannes, der in den Orient auswanderte. Zwei Jahre später fragten ihn seine Eltern, was er erlebt habe. Der junge Mann überlegte: Was soll ich sagen? Dass ich zwei Jahre lang auf dem Mars war?

Europa ist so fern von hier! Der Zusammenprall der Kulturen so heftig!

Aber für Ibrahim tue ich, was ich kann. Ich versuche nach und nach, das Leben eines Immigranten in Europa zu schildern. Ich versuche, gerecht und unvoreingenommen zu sein.

«Es ist schwieriger, als es auf den ersten Blick scheint», sage ich. «Wir wohnen in unseren Vierteln, sie wohnen in den ihren. Wir führen, kaum sichtbar, ein Leben am Rand der Gesellschaft. Es ist so, als ob wir für sie und ihre Welt nur existieren, solange wir nützlich sind, weil wir arbeiten oder bestimmte öffentliche Bedürfnisse abdecken. Das ist eine Seite, Ibrahim, und manchmal wird sie riesig, nimmt monströse Ausmaße an. Doch dann gibt es auch Leute, die für Toleranz kämpfen, Europäer und Immigranten, die nach einer gemeinsamen Lebensform suchen.»

«Ich höre deine Stimme gern», sagt Ibrahim, «und betrachte Europa gern mit deinen Augen.»

«Was du mir beigebracht hast, begleitet mich immer. Ich versuche inmitten all dieser Gegensätze meinen eigenen Weg zu finden … langsam, ohne mich beirren zu lassen. Ich versuche, einfach nur ein Mensch zu sein, nicht ein Maghrebiner oder ein französischer Staatsbürger oder ein Moslem oder Christ, sondern einfach nur ein Mensch.»

«Ich weiß, Abdel, doch auch das ist es nicht, was ich hören will. Ich möchte, dass du mir den Kontinent beschreibst, wie ein Dichter es täte …»

Ich atme den Tabakrauch ein, mild von Rosenwasserduft.

«Europa. Europa ist ein Traum aus Lichtern und Kulissen, ein Traum, der mit der Zeit an Leuchtkraft verliert und grau wird. Zwar bleiben die Lichter, aber die Seele verzagt. Über der *Place de la liberté* glitzert eine Coca-Cola-Reklame, während der Regen die Stadt besänftigt. An einer Ampel wischen zwei Jugendliche die Windschutzscheibe eines Sportwagens. Woanders wird gestohlen, mit Haschisch gedealt, und die Kinder gehen in die Schule, wo ihnen beigebracht wird, was ein Land ist. Was ist Europa? Was ist Afrika? Die Kinder kennen keine Grenzen. Sie spielen miteinander, Franzosen, Russen, Maghrebiner, Senegalesen, Chinesen. Kinder aus der ganzen Welt, ohne Unterschiede.

Im Morgengrauen fährt Nabur mit dem Sprengwagen vorüber und wässert die Straßen. Die Sonne geht auf über dem Meer und blendet ihn. Marcel, der am Steuer sitzt, spürt die gleiche Liebkosung. Bevor sie heimgehen, trinken sie noch etwas im *Orient Express*. Abdullah macht immer schon um sechs auf. Die drei sitzen da und trinken einen Kaffee, während die Sommersonne sie für eine Weile vereint.

Europa. Immer siehst du dieselben Lichter, dieselben Werbeplakate. Das Licht kommt und geht. Grauer, bleierner Himmel, verwunderlich und rätselhaft.

Abdullah grübelt vor sich hin, und eines Tages platzt er heraus: ‹Man darf sich vom Licht nicht blenden lassen.›

Marcel, Jacques oder Jean laden dich für den nächsten Tag zum Essen ein, zu einem Fest, an einen Ort, wo ein paar Kinder aufgewachsen sind und einander noch ebenso begegnen wie früher, ganz unverändert.

Und dann denkst du, dass du nichts dagegen hättest, dir an diesem Flecken Erde einen Platz zu suchen, einen Ort, der genauso angenehm wäre wie der Palmenhain von Ben Ag al Mar, nicht besser und nicht schlechter, fern von Timbuktu, in Europa, wo der Mensch, ungeachtet der Demütigungen und der Jahrhunderte von Barbarei und Kolonialismus, inzwischen doch noch geachtet wird.»

«Danke, Abdel. Es tut gut, dich so sprechen zu hören.»

Abends, in der Dämmerung, ging ich in die Wüste und suchte die Einsamkeit des Palmenhains Ben Ag al Mar, um mich meinen Gedanken hinzugeben.

Im Islam gibt es keinen Vermittler zwischen Allah und dem Menschen, vor Gott sind alle Gläubigen gleich. Die Religion ist eine Sache zwischen Gott und den Menschen.

Aber ich glaubte, dass dies auch unter gläubigen Menschen anderer Religionen der Fall sei. In Europa hatte ich Leute vor dem Bild der Jungfrau Maria beten sehen, ich hatte sie in der Kirche beobachtet, im stillen Dialog mit ihrem eigenen Gott.

Ich fragte mich, warum die Religionen die Menschen dann aber spalteten, wenn doch alle Religionen in die gleiche Richtung wiesen, in die Richtung eines einzigen Gottes, oder vieler Götter, ob monotheistisch, ob politheistisch; denn stets ging es darum: eine Art Gleichheit, eine Art Befreiung, eine Art kosmisches Bewusstsein zu erlangen.

Diesseits der Religion: der Mensch, das Individuum, die Grundrechte des Menschen, die über jeder religiösen Anschauung, über jeder Regierung stehen sollten – das Recht zu existieren, sich zu äußern, seine Meinung zu sagen, das Recht zu leben, zu arbeiten, nicht ausgebeutet, nicht versklavt zu werden. Das Recht der Frau, vor allem in unserer, der muslimischen

Welt, mit Würde behandelt zu werden, frei und unabhängig zu sein. Es schien so einfach, von den Dünen des Palmenhains aus gesehen.

Eines Abends überließ ich mich meinen Träumen. Im Halbschlaf sah ich mich selbst in der Zukunft, an einem unbekannten Ort in Europa. Die Erde war hügelig und fruchtbar. Ich lag auf dem Boden ausgestreckt, ähnlich wie jetzt im Palmenhain. Der gleiche Blick in die Sternennacht, nur dass mein Körper älter war. Der Wind ging über mein Gesicht und durch meine Gedanken. Im Traum stand ich auf, und obwohl ich mich nicht im Spiegel sehen konnte, wusste ich, dass viel Zeit verstrichen war … unten im Dorf warteten meine Frau und meine Kinder auf mich, ich spürte die leichte Neigung des Hügels, die Lichter des fernen Dorfes und das Herdfeuer im Hause.

Dann wandelte sich die Vision, und jener Körper, inzwischen greisenhaft, befand sich wieder an derselben Stelle, an der ich jetzt, in Ben Ag al Mar, meinen Traum hatte. Als ich meine Hände betrachtete, sah ich ihre Feingliedrigkeit und die Furchen der Zeit in der Haut. Ich sah den unglaublich blauen Mond von Timbuktu im Geiste vor mir und wusste, dass ich auch in jenem Alter noch in der Lage sein würde, Fremde den Pulsschlag meiner Heimaterde spüren zu lassen.

Ich sah Timbuktu mit den Augen eines Menschen, der diesen Ort liebt.

Beide Visionen waren untrennbar verbunden, im Traum war ich zugleich an beiden Orten, zugleich in unterschiedlichen Leben, und es spielte keine Rolle, welches einmal Wirklichkeit werden würde.

Die eigene Identität – vielleicht war es das, was mir mein Vater immer sagen wollte – pulsiert unter der Haut. Eines Tages würde ich ein alter Bauer im französischen Midi sein oder ein Fremdenführer durch die geliebten staubigen Straßen Timbuktus. Aber was auch kommen mochte, ich würde dem Lauf des Lebens folgen, meine Gefühle und mein Streben nach Erkenntnis achten und mich fernhalten von Zerwürfnissen und der Zwietracht unter den Menschen.

9.
Ismael

Ich kehrte nach Marseille zurück, und diese zweite Einreise nach Europa erwies sich als leichter. Ich hatte keine Angst mehr, abgewiesen zu werden. Meine Papiere waren in Ordnung, doch das waren sie auch schon beim ersten Mal gewesen. Der Grund war vielmehr meine innere Ruhe. Ein «Nein» an der Grenze – unwahrscheinlich, aber nie unmöglich – hätte keine furchtbare Enttäuschung für mich bedeutet. Es wäre allenfalls ein ärgerlicher Zwischenfall gewesen, eine Anekdote des Schicksals, die, so wie ich es während meines kurzen Aufenthalts in Timbuktu vor mir gesehen hatte, wohl vorübergehend in meine Zukunft, nicht aber in die Substanz meines Lebens eingegriffen hätte.

In der endlosen Schlange, die sich vor der Zollkontrolle gebildet hatte, standen zwei Jungen aus Bamako neben mir, die überaus nervös wirkten. Ich sprach mit ihnen. Ihr Visum war in Ordnung, sie hatten Familie in Frankreich, einen Arbeitsvertrag, und doch schienen sie fast verzweifelt. Ich erzählte ihnen von meiner Ankunft vier Jahre zuvor. Davon, wie unbegründet meine Ängste gewesen waren. Ich versuchte, ihnen Optimismus und Zuversicht zu vermitteln, sie davon zu überzeugen, dass sie keinerlei Schwierigkeiten haben würden, nach Europa einzureisen. Sie waren vor mir an der Reihe.

Als ich sie, Minuten später, die Polizeikontrolle, diese Grenze der Angst, passieren sah, atmete ich erleichtert auf.

Jener Winter war besonders hart und regnerisch, ganz anders als die dürren und trockenen Winter Afrikas.

Ich beschloss, mich – nach Schulabschluss und vor Beginn einer Ausbildung – der Gastronomie zuzuwenden. Ich verbrachte ganze Tage in der Küche des *Orient Express* und bereitete Hummus, Couscous, Taramas, verschiedene Schmorfleischgerichte und viele andere Spezialitäten der libanesischen und mediterranen Küche zu.

Mein Viertel in Marseille konnte mir nicht den Sternenhimmel bieten, den ich so sehr vermisste, doch dafür erschlossen mir Sesamkörnchen, der Kaffeegeruch oder die Würze eines Kebabgerichts ganz neue, geheimnisvolle Horizonte.

Im darauffolgenden Sommer brach ich erneut nach Südeuropa auf, diesmal nach Spanien, und konnte nun ein altes Versprechen einlösen. Denn ich besuchte meinen Freund Ismael, seine Eltern, das Landhaus und die Weinberge, von denen er mir in Timbuktu so viel erzählt hatte.

Die Straße verlief zwischen Feldern und sanften Weinbergen, die ihre Reben Richtung Sonne reckten. Fruchtbarer, satter Boden, auf dem auch Pfirsichbäume und andere Obstsorten wuchsen. Während ich mich mit meinem gebrauchten Peugeot meinem Ziel Monsarra näherte, schlug mein Herz immer schneller. Etwas lag in der Luft, das mich elektrisierte, meinen Geist erregte. Ich wusste nicht, ob es die Landschaft war, der Duft oder die Erde.

Ismael empfing mich mit offenen Armen. Seine von der Mittelmeersonne geglätteten, kantigen Gesichtszüge ließen denselben Menschen erkennen, den ich in Timbuktu umarmt hatte.

Mein Freund zeigte mir die Gegend, von den Bergen bis ans Meer. Einige Tage lang genoss ich wirklichen Urlaub: lange Wanderungen über die Hügel von Monsarra, kurz vor der Weinlese; traditionelle Volksfeste in den Dörfern, wo sich auf kleinen Plätzen hohe Menschenpyramiden formierten; hell erleuchtete Nächte, in denen kleine Teufelchen Feuer spien und die Menschen johlend den harmlos aufstiebenden Funken auswichen; Spaziergänge durch die Dämmerung, am Ufer des Mittelmeers, schweigsame Spaziergänge, auf denen wir uns unseren Erinnerungen an

Timbuktu überließen; Einkehr in Dorfgasthäuser und Tavernen, wo mich Ismael mit der katalanischen Küche vertraut machte.

Wir verbrachten Tage auf der Finca in Monsarra. Da konnte auch ich mein Kochtalent zum Besten geben und mich daran freuen, wie sich Ismaels leicht distanzierte, doch stets höfliche Eltern ein libanesisches Schmorgericht sehr schmecken ließen.

Die ersten beiden Wochen vergingen wie im Fluge. Die Weinlese nahte, und bald würde Ismael jeden Tag beschäftigt sein.

Saisonarbeiter trafen im Landgut ein und wurden in den Nebengebäuden untergebracht, in ehemaligen Pferdeställen, die vor kurzem umgebaut worden waren.

Ismael lud mich zu bleiben ein.

«Während der Weinlese und der Pfirsichernte könntest du dich ums Essen für die Saisonarbeiter kümmern. Alles Weitere wird Gott richten. Es wird nicht schwer sein, Arbeit für dich zu finden.»

Ich zögerte kurz, doch dann wurde mir klar, dass ich zunächst nach Marseille zurückkehren und mich um die Küche des *Orient Express* kümmern musste.

«Danke, Ismael», sagte ich. «Momentan geht es nicht, ich werde in Frankreich erwartet ... Aber wenn dein Angebot auch im nächsten Jahr noch gilt, werde ich wiederkommen und bleiben.»

«Du bist jederzeit willkommen», sagte Ismael. «Wann immer du willst.»

10.
Sheila

Die Legende besagt, dass ein weißer Vogel über die Oase von Zerzura wacht, wo eine schlafende Prinzessin ruht, die nur durch einen Kuss geweckt werden kann.

So geht ein altes Märchen. In den Geschichten spüren Prinzessinnen die Liebkosung fremder Lippen auf ihrem Mund; die Biene saugt, der Honig versüßt. Die Liebe lässt den Mann aufleben und die Frau erwachen.

Zwei Jahre dauerte es, bis ich Sheila wiederfand, falls ich sie jemals verloren haben sollte. Ich erkannte sie sofort, als sie an einem der Tische im *Orient Express* saß. Bevor sie überhaupt etwas bestellen konnte, hatte ich ihr schon Tee und süßes Gebäck gebracht.

Sie kam auch am nächsten Tag und am übernächsten und am folgenden. Nach einer Woche, an einem Nachmittag, setzte ich mich mit meinem Minzetee zu ihr.

Sheila war marokkanischer Herkunft, doch ihre blauen Augen und ihr kupferfarbenes Haar erinnerten mich an gewisse nomadische Völker, die einst die nördliche Sahara durchquerten. Doch sie selbst war noch nie in Afrika gewesen.

Während sie mir dies auf der Terrasse des *Orient Express* erzählte, verlor sich mein Blick in ihrem und wanderte von ihrer Nase zu den Lippen. Vor uns sah ich die Unendlichkeit der Wüste und dachte wieder und wieder, dass wir ein gemeinsames Schicksal hatten – ein Schicksal, das im Jetzt begann, um einen langen und ungewissen Weg zu gehen. Ich wusste, dass wir uns auch im Schatten des Palmenhains von Ben Ag al Mar, am Hafen von Marseille, auf dem Platz Djemaa el Fna, in einer fernen Oase oder an einem legendären Ort begegnet wären, an dem ich sie mit einem Kuss geweckt hätte.

Und so kam es dann auch, denn eines Tages besiegelten unsere Lippen ein Versprechen, ohne Worte, ohne Fragen, ohne Zeugen.

Jeden Morgen ging Sheila in einen Kinderhort nahe dem Hafen von Marseille, wo sie als Erzieherin arbeitete und sich um die Kinder der Immigranten kümmerte.

Manchmal stahl ich mich, sehr zum Leidwesen Abdullahs, aus dem *Orient Express* davon, um sie zu besuchen. Ich tat dies am Morgen, wenn die Kinder auf dem Hof spielten, umherrannten, schrien, sich herzten, rauften und dabei große Staubwolken aufwirbelten, die die Marseiller Vormittage in Gelb tauchten. An diesem Ort existierte nichts Unerfreuliches mit Ausnahme seiner Abgeschlossenheit, dem Zaun, der die Kinder schützen sollte und ihre Welt doch auch eingrenzte.

«Erzähl mir davon», bat sie mich oft.

Ich versuchte, ihr dann den Geruch der Erde in Monsarra zu beschreiben, die Farbe der Weinreben im September, die dichten Wolken, die den Herbst verkündend den Himmel kreuzten.

Wir lebten beide mit einer Illusion, einem Wunschbild der Zukunft, den Blick auf die rötliche Erde des Penedès gerichtet.

11.
Ein Haus in den Weinbergen

Im folgenden Sommer fuhren Sheila und ich nach Monsarra. Als die Weinlese begann, kümmerten wir uns nicht nur um die Verpflegung der Saisonarbeiter, sondern auch um alles andere, was ihren Aufenthalt betraf.

Nach der Ernte eröffneten wir mit Ismaels Hilfe ein Restaurant in Sant Martí Sarroca, einem Dorf nahe der Finca, und nannten es «Zum blauen Mond». Unser Freund überließ uns das alte Pächterhaus, und dort, in einer ländlichen Gegend inmitten von Weinreben, richteten wir uns ein.

Wir hatten einen Gemüsegarten angelegt, mit dem wir sowohl das Restaurant als auch die Finca versorgen konnten. Wenn meine Hände die Gartenerde berührten, so gab mich dies der Welt zurück, der ich entstammte, einem Ort, an dem ich von Menschen umgeben war, die ich liebte, der aber auch mit Himmel und Erde verbunden war.

Die Eingewöhnung und die Arbeit im Restaurant beschäftigten mich in den ersten Monaten fast ununterbrochen, und doch nahm ich mir oft die Zeit, in der Dämmerung über die umliegenden Hügel zu gehen.

In Monsarra hatte ich ein einstiges Vergnügen wiederentdeckt, das Gehen um seiner selbst willen, ohne Ziel und ohne bestimmte Gedanken.

Manchmal begleitete mich Sheila. Andere Male konnte ich meinen Freund ermuntern, mit mir zu kommen. Ismael kannte die Hügel von Monsarra besser als ich die vom Mondschein erleuchteten Straßen von Timbuktu.

«Nun bin ich dein Führer», sagte er mir. Beide genossen wir die langen Spaziergänge.

Aber meistens ging ich allein. Dort auf dem Land fand ich zum Gespräch mit mir selbst zurück.

Die Zeit verging schnell. Ein Jahr verstrich. Sheila und ich lernten uns immer besser kennen.

Menschen sind verschieden. Auch Sheila und ich. Wir liebten einander. Manchmal stritten wir uns auch. Wir durchlebten unterschiedliche Phasen, Höhen und Tiefen.

Sie, die immer in den Vororten von Marseille gelebt hatte, fühlte sich in Monsarra, vor allem im Winter, ein wenig verlassen. Sie meinte, die Einsamkeit verzehre sie, und kehrte dann für zwei Wochen nach Südfrankreich zurück, wohnte bei einem ihrer Geschwister, wieder von Kindern und noch mehr Kindern umgeben. Und kam glücklich wieder, hatte etliche Filme im

Kino gesehen und sich einen ganzen Stapel französischer Zeitschriften und Bücher mitgebracht.

Im folgenden Jahr, nach einer weiteren Weinlese, kehrte Sheila in ihren Beruf zurück, sie fand eine Stelle in einem Kindergarten in Sant Martí Sarroca. Wir hatten nun beide unsere Vorstellungen verwirklicht und fühlten uns heimisch. So gedieh unser Zusammensein an einem fruchtbaren, glückverheißenden Ort.

12.

Dunkler Septemberhimmel

Es steht geschrieben: Gott ist dem Menschen näher als seine Halsschlagader. Das ist wahr. Und doch gehen Hass und Wahnsinn durch die Welt.

In jenem September 2001 verlor die Welt einen großen Teil ihres ohnehin schon geringen Verstandes, und seither ist sie noch mehr aus den Fugen geraten.

Es scheint, dass die Unvernunft sich in vielerlei Formen und Angesichten verbreitet hat. Es scheint, dass viele Menschen die Fähigkeit verloren haben, nachzudenken, zu diskutieren, die Welt unter verschiedenen Gesichtspunkten zu betrachten. Hass überwiegt, wächst, will sich behaupten. Die Positionen spitzen sich zu. An die Hauswand des «Blauen Mondes» waren einige Parolen geschmiert worden, die ich mit einer Kalkschicht übertüncht habe. Manchmal gehen Männer in provozierender Haltung am Restaurant vorbei, marschieren wie Krieger auf und ab. Doch ich denke, dass die Welt nicht denen gehören sollte, die spalten und Hass säen.

Und trotzdem fühle ich mich in dieser ländlichen Gegend geliebt und geachtet. Aus Liebe und Achtung soll unsere Zukunft erwachsen.

Und trotzdem gehe ich noch immer jeden Abend spazieren. Denke dabei über das Leben nach und zerstreue mich mit meinen Gedanken.

Und trotzdem hat der 11. September 2001 nicht nur Hass und Unverständnis hervorgebracht, sondern auch auf beiden Seiten Menschen wachgerüttelt, die seitdem versuchen, zu verstehen, zu vermitteln, zusammenzuführen.

Du gibst Kindern Unterricht. Ich schreibe drei Wörter. Der dort träumt von einer besseren Welt und weiß, dass man Politik und Religion voneinander trennen muss, so wie man versuchen sollte, noch dem abwegigsten und verwerflichsten Gedanken etwas Versöhnliches abzugewinnen.

Lass die Gedanken im Tiegel des Geistes miteinander verschmelzen, lass sie von selbst ans Licht gelangen.

Dritter Teil

Das Lächeln der Erde

«Vor dem Fenster vergeht der Hass.
Sanft wird die Kralle.
Lasst mir diese Hoffnung.»

Miguel Hernández [3]

«Jenes Zeitalter, da Menschen verschiedenster Herkunft Seite an Seite in den Häfen der Levante lebten und ihre Sprache mischten: Ist es eine Reminiszenz an früher? Eine Vorausahnung der Zukunft? Jene, die an diesen Traum gebunden bleiben: Sind das Nostalgiker oder Visionäre? Ich bin außerstande, darauf zu antworten. Aber eben daran glaubte mein Vater. An eine sepiafarbene Welt, in der ein Türke und ein Armenier Brüder sein konnten.»

Amin Maalouf [4]

«Benares liegt im Osten, Mekka im Westen;
doch erkunde dein Herz, in ihm wohnen beide,
Rama und Allah.»

Kabir, indischer Dichter, 15. Jahrhundert

13.

Ein Ort der Hoffnung

Vergiss nie, die Sterne zu betrachten. Mein Lehrer hatte es mir aufgeschrieben. Mein Vater hatte es mir gesagt. Und ich hatte es nicht vergessen.

Ich erhielt den Brief, den Ibrahim mir hinterlassen hatte – meine Mutter schickte ihn mir zwei Tage nach dem Tod meines Lehrers, so wie er es gewünscht hatte –, und am Abend ging ich in den nahen Hügeln spazieren.

Sanft geschwungene, wohlvertraute Landschaft, wo die Erde sich rötlich färbt und die Weinberge sich bis ins Unendliche erstrecken, bis zu dem Punkt, da Blick und Himmel ineinander übergehen.

Wo findet der Mensch zu sich selbst? Reisen wir nur, um an den Ort unserer Geburt zurückzukehren, um festzustellen, dass wir unsere Herkunft brauchen, um uns unserer selbst zu vergewissern? Können wir uns einreden, unsere Heimat in einem anderen Land jenseits des Meeres gefunden zu haben?

Der Weg stieg leicht an, ich ließ die Weinberge nun hinter mir. Die Sonne ging allmählich unter, wie schon so viele Male zuvor seit so vielen Jahren an so vielen Tausenden von Orten unter den gerührten Blicken so vieler Augen.

Das Abendlicht neigte sich über den Hügel und tauchte ihn in Ocker und Rot.

In jenem Moment war mir, als ob das Licht nicht von der Sonne auf die Erde, sondern direkt aus meinen Augen käme, um den Ort zu beleuchten, an dem ich mich befand.

Dann begann sich der Himmel mit Sternen zu füllen.

Auf dem Gipfel des Sumarroca breite ich eine Matte aus und entzünde ein Feuer. Sheila weiß es, ich habe ihr gesagt, dass ich mir heute Nacht den Tee nach altem Brauch zubereiten, mich der Erinnerung an meine Heimat, an Ibrahim und meinen Vater überlassen, und die Nacht auf dem Hügel verbringen werde.

Ich schließe die Augen. Ich denke an Jusuf, an Sheila, an meine zukünftigen Kinder, an Ibrahim, an Soraya, an Nicolas und Ismael, an die Menschen, die mich auf meinem Weg begleitet haben. Sie alle wurden auf unterschiedliche Weise erzogen, an verschiedenen Orten, nach verschiedenen Sitten, aber nie von Hass bestimmt, sondern voller Nähe und Mitgefühl. Auch ich weiß mich glücklich, in einem Umfeld des Respekts aufgewachsen zu sein, fern von Unverständnis, von Krieg und von Zerstörung.

Die Nacht mutet noch immer sommerlich an. Aus

der Unermesslichkeit des Weltraumes heraus betrachtet, ist das Feuer ein Zeichen, ein winziges Stück Leben.

Ich bereite den Tee, so wie es mein Vater immer getan hat. Ich schlürfe ihn langsam: Der erste Aufguss ist bitter und stark wie das Leben.

Die Flamme wird schwächer, ich verteile die Glut, bereite eine zweite Kanne zu. Dieser Tee wird süß sein wie die Liebe. Meine Lippen lächeln in der Einsamkeit. Ich strecke mich auf dem Boden aus und schaue in den Sternenhimmel. Da unten, zu Hause, sind die Meinen. Doch auch hier oben bin ich nicht allein. Ich fühle mich mit dem Weltraum verbunden, bin Teil dieser Welt. Überall, hier, auf den Hügeln von Monsarra; dort, in den Dünen von Timbuktu.

Das Kind, das in den Himmel über Afrika schaute, ist der Erwachsene, der die Nacht in Europa betrachtet. Der Greis – wo wird er schlafen?

Das Teewasser kocht ein drittes Mal. Die Blätter haben ihr Aroma bereits verloren. Nun ist der Tee mild, er trägt die Milde des Todes.

Obwohl ein feiner Dunst die Luft trübt, ist der Himmel sternenübersät. Ich spüre wieder den Sand der Wüste, der sich in den Augenhöhlen und auf meinen Lippen niederlässt.

Und so, wie ich denke, schreibe ich, denn ich weiß, dass es gut für die Seele ist, die eigenen Gedanken niederzuschreiben. Denn der, der mich lesen lehrte und mir die ersten Geschichten erzählte, der den Samen der Schöpfung in meine Seele legte, hat mir erklärt, dass der Mensch, wenn er schreibt, sich selbst kennenlernt. Ich schreibe, weil mir Ibrahim stets sagte: Vier Wörter verscheuchen die Dunkelheit.

Ich schreibe meine Gedanken langsam auf und mit Bedacht, ich suche nach einem Weg, das Glück zu finden …, es mag sein, dass man, um andere zu lieben und zu verstehen, zuallererst sich selbst lieben und verstehen muss.

Ich schreibe meine Gedanken im Lichtschein der Glut in ein kleines Heft. Ich schreibe nur wenige Wörter, und später werde ich das Geschriebene tage- und wochenlang überarbeiten.

Wünsche

«Habe die Füße auf dem Boden und den Kopf im Himmel. Bist du des Nachts unterwegs, so betrachte die Sterne; achte darauf, wann der Mond zunimmt und wann er abnimmt, und lerne die Sternenbilder zu orten. Schlafe hin und wieder unter freiem Himmel: mit dem Rücken auf der wärmenden Erde, die Augen gen Himmel gerichtet.

Sprichst du mit jemandem, so versetze dich für einen Moment in seine Lage, stell dir vor, du wärest er. Du wirst ihn dann gewiss besser verstehen.

Auch wenn es dich Mühe kostet, bewahre immer einen Funken Freude in deiner Seele; Freude steckt an und verbindet die Menschen.

Versuche, die Kinder zu begreifen, tauche so tief wie möglich ein in ihre Welt; auch sie bewohnen die Erde. Wenn du einem Kind begegnest, betrachte es aufmerksam und lächle ihm zu.

Behandle die Menschen so, wie du von ihnen behandelt werden möchtest. Deine Welt wird schöner, heimischer werden. Erwarte keine Wunder von anderen und verzeihe ihnen ihre Vergesslichkeit. Vertraue dir selbst und höre nicht auf Wahrsager und Heilkünstler. Ernähre dich so gut wie möglich: gesund, vernünftig und ohne Übermaß. Der beste Arzt ist dein eigener Körper, er kennt dich am besten.

Denke daran, dass stille Menschen oft intuitiv handeln. Achte ihr Schweigen und schätze ihre Gesellschaft wie die eines gesprächigen Menschen. Große Ideen erwachsen aus Ruhe und Besinnung.

Erkenne Gott in allen Göttern und in allen Kulturen an. Allah, Jahwe, Buddha oder Krishna entstammen demselben Prinzip.

Halte deinen Körper in Bewegung. Wenigstens eine halbe Stunde täglich atme frische Luft und gehe spazieren. Bist du allein, so sprich hin und wieder mit Tieren und Pflanzen. Lies und betrachte in aller Ruhe die Menschen um dich herum. Beobachte den Lauf des Lebens und die Bewegung der Welt. Beschenke dich hin und wieder selbst mit dem Anblick einer schönen Landschaft in den Bergen oder am Meer.

Schreibe und male, auch wenn du glaubst, es nicht gut zu können. Schreiben wird dir dabei helfen, dich kennenzulernen. Zeichnen und Malen werden deinen Geist entspannen.

Und du wirst sehen, dass dein Leben erstrahlt; du wirst fühlen, wie deine Beine leichter werden und dein Bewusstsein sich weitet. Vielleicht wirst du die Welt nicht ändern können, doch du wirst beginnen, etwas über dich selbst zu erfahren.»

14.
Herbstmond

Am Morgen strahlte die Sonne, tauchte die Weinstöcke in warmes Gelb und Scharlachrot. Es war Oktober. Am Mittag musste man wegen der großen Hitze in den Schatten der Olivenbäume fliehen, nachmittags entschied sich das Licht für Gelb, und das Land atmete in herbstlicher Gelassenheit auf.

Noch bevor sich der zunehmende Mond am Abendhimmel zeigte, kehrte Sheila aus dem Kindergarten zurück.

Ich verbrachte einige Monate damit, den Text zu überarbeiten.

Sheila sagte mir, dass es doch nicht allzu schwer sein könne, Wünsche aufzuschreiben; es ähnele einem Brief, und ich wusste, sie hatte recht, aber das war auch ein Grund, warum ich daran schrieb. Wenn die einfachen Dinge auch nicht die Welt veränderten, so konnten sie uns doch das Leben angenehmer machen.

«Du solltest dein Leben erzählen», sagte Sheila.

Doch ich zweifelte sehr daran, dass sich irgendjemand für mein Leben interessieren würde.

«Du kannst keine Wünsche auflisten, ohne sie in einen Zusammenhang zu stellen», erklärte sie mir.

Vielleicht hatte sie recht. Also ging ich eines Nachmittags ans Werk und begann mit den Worten: «Mein Vater lehrte mich: Wenn du dich selbst kennst …»

Lächle den Kindern zu, sage ich mir. Denn ich stelle mir vor, wenn die Leute dem, der das Schicksal eines Landes in seinen Händen hält, zugelächelt hätten, als er noch ein Kind war, dann wäre dieses erwachsene Kind nicht dazu fähig, das Leben von einem, von zwei, von zehn oder von tausenden Menschen mit einem Befehl zu beenden.

Das Kind schaut von der Wiege in die Welt und sieht auf den Lippen der anderen ein Lächeln. Und auf diesem Lächeln gründet die Zukunft der Welt.

Es gibt so viele Zusammenhänge, über die wir nichts wissen!

Der zum Tode Verurteilte sucht in den Augen seines Henkers nach der Andeutung eines Lächelns, einem winzigen Hoffnungsschimmer. Es scheint so offensichtlich, dass Hass nirgendwohin führt.

«Auch das», würde Sheila sagen, «liegt auf der Hand.»

Aber es liegt auch auf der Hand, dass eine schwere Kindheit rachsüchtige Kinder hervorbringt, dass misshandelte Kinder oft zu unglücklichen Erwachsenen werden.

Man muss das umkehren: Man muss glückliche Kinder aufziehen, die die Welt zu verstehen und ohne Groll zu führen vermögen.

15.

Das Gleichgewicht und das Bild

Mein Vater lehrte mich: Wenn du dich selbst kennst, so bestimmen die Gesetze deines Lebens die ganze Welt, und diese Gesetze gelten unabhängig vom Lauf der Zeit.

Der Mensch ist ein Seiltänzer, der auf einem Seil durchs Leben geht, ein Seiltänzer von Geburt an bis zum Tod.

In der Wiege weint, strampelt, lacht er. Er krabbelt, stolpert, schaut und lernt, bis er sich eines Tages mit den Händen an der Wand abstützt, sich aufrichtet und zu stehen, das Gleichgewicht zu halten versucht.

Das Gleichgewicht eines Menschen, das Gleichgewicht eines Reifens, der bergab rollt, während ein Kind ihn mit dem Stab vorantreibt. Das Gleichgewicht der Entscheidung eines Mannes an der Macht. Das Gleichgewicht eines Greises, der sich auf seinen Stock stützt, um durch die Welt zu gehen.

Das Gleichgewicht bestimmt die Welt.

Ein Bild illustriert, was Gleichgewicht bedeutet. Das Kind, das sich müht, Fahrradfahren zu lernen.

«Versuche, das Gleichgewicht zu halten», sagt sein Vater zu ihm, die Hand sanft auf dem Rücken des Kindes, es beschützend, und dann lässt er plötzlich los, nur für einen Moment, dieser magische Moment, in dem das Kind allein ist mit der Welt.

Du hast die Füße auf dem Boden und schaust in den Himmel. Alle siebenundzwanzig Tage wirst du sehen, wie abends der Mond aufgeht.

Dieser dünne Firnis aus Licht, der den Mond umkränzt, ist das Lächeln der Erde. Es war schon immer dort.

Hat die Menschheit eine Zukunft?

Die Antwort liegt in dem Bild, das du nur mit deinem Herzen zu sehen vermagst.

Timbuktu, Januar 2001
Barcelona, Dezember 2002

Nachweise

1

Lao Tse, *Tao Te King*, VI. Kapitel, übersetzt von Richard Wilhelm, Diederichs Verlag 1941

2

Amin Maalouf, *Der Mann aus Mesopotamien*, übersetzt von Gerhard Meier, Suhrkamp 2003

3

Miguel Hernández, *Das letzte Lied*, übersetzt von Katja Hayek-Arendt. *Poemas/Gedichte.* Ausgewählt und übertragen von Erich Arendt und Katja Hayek-Arendt, Kiepenheuer & Witsch 1965

4

Amin Maalouf, *Die Häfen der Levante*, übersetzt von Bernd Schwibs, Insel 1997